動物詩集

へんな生き物

大西美千代

HEN NA
IKIMONO
ONISHI
MICHIYO

土曜美術社出版販売

動物詩集　へんな生き物＊目次

動物詩集

へんな生き物

きつね

さみしくていけません
こんなにすうすうするのは
どこかにあながあいているのでしょう

きつねはそう言うと
くるりと振り返って
尻尾を調べる
尻尾に穴はあいていない

おおきなあなではないのかもしれません

腹を調べる
腹に穴はあいていない

めにはみえないあななのでしょうか

つぶやいて胸に手をあてる
胸に穴はあいていない

そうでしたか
かぜはわたくしからうまれているのでしたか

それならば
それで

ふくろう

誰からも見られない場所で
ただ　いる
朝昼晩
目覚める　飛ぶ　捕える　食う
そして眠る

生きているものを生きたまま食った
母ねずみを食った
子ねずみを食った

恋人たちを食った
ひとりも食った
ふたりも食った

斟酌できない　斟酌しない
生きていることに意味はあるのかとは
問わない　問われない
ただ　いる
いることに意味は
たぶん　ない

※

あのまま朽ちるわけにはいかなかった

朽ちることより砕けることを選びたかった

目を開ける
みじろぎする　羽ばたく
空気が裂け風がおきる　羽根がきしむ
体の芯が熱を帯びる
ここではない場所へ向かって
森から飛び立つ

※

そして　帰ってきた
語れない記憶のかぎ裂きと
砕けることもできなかったという事実をみやげに

ふくろうは変わったかもしれないし
そうでないかもしれない

ただ
ここにいる

鮫

小さな鮫が
屈強の中年男の釣り針に掛かり
それは男の右腕ほどの
右腕の二の腕ほどの
小さな鮫が針にかかり
てらてらと光る皮膚を持ち
白い歯をむき出して
激しくのたうち
海をたたき

釣り糸を噛み
怒り泣き悶え懇願し
釣り客たちに笑われている
夏の海
水平線の彼方で深く鎮まるものがいる

ウサギ

逃げ足の速いウサギのように
あと足を伸ばして
言葉が消えていってしまうのです

あら　何を考えていたのだったかしら
だいじなことだったかしら
素敵な言い回しだったような気もするけれど
水道の水が流れっぱなしだわ
ウサギって何のこと

あれはどこに片づけたのだったかしら
忘れてはいけないことは
思っていたほど多くはなかった

逃げ足の速いウサギは
森の中であと足をなめている
耳は畳んで

猫が生まれる

すっと
笹の葉で切ったような美しいまなざしを残して
猫は路地に入っていった
開いたままの木戸
傾いた洗面台
古いタオル
ぶら下がる洗濯物
暮らしのためのこまごましたものの間を縫っていく

路地に入っていく猫がいると書けば猫が生まれる
猫の目を通して路地が生まれる

路地の上にはくもり空

その先は闇

鹿狩り

目はゆっくりと
輝きを失くしていった
つまり鹿は
目をあけたまま死んでいったので
その目が最後にうつしたのは
曇天の空でしかなかった

一発の銃弾で命を落とした
死ぬことを考える間もなかった

森は深い秋を迎え
枯葉の重なる地面に
前足をつき
頭を落とした
もう
食べ物を探すことも
伴侶を求めることもしなくていいのだと
役割を手放して
目は光を失っていった

兄さん
あなたが仕留めた獣の肉を
今夜は二人で食べましょう

森の中にはもうひとつ
光の通る道があって
木々の枝の向こうに
幹を光らせている木がある
その木の根元に骨を埋めた

今でもあの森は
青い光を育てているのだろうか
いきものの目が二つ光っているのだろうか

鴉

黒一色なので
人と自分の区別がつかない
ときどき我を忘れて人を攻撃する

赤い実を食べても赤くはならない
青い実を食べても青くはならない
硬い羽根の下には柔らかいむき身の肉がある
だからといって
許されることもない

黒一色なので鴉は
自分を持て余して
激しく鳴く

カラス

君がそんな夢を見たからといって
ぼくは責任を持ちませんよと
それはまあ正しいことだけれど
正しいことは時に人を孤独にするねとつぶやいて
目が覚めた朝

何事もなかったような顔をして家を出た

畑の真ん中を無数の小さいカラスが歩き回っている

伊吹山はまだ雪をのせている
昨日の夢には続きがあった
閉じてしまった夢を開こうとすると

米原あたりでカラスが飛び立つ
一羽また一羽
気がつけば
視界一面のカラスの闇

目も耳も閉じてしまった
黒い耳鳴りの沈黙を
ゆっくり走る列車の音が破っていく

闇が剝がれ落ちてくる
一羽また一羽
カラスになって戻ってくる

恋人の住む町に近づく
正しくは
恋人だった人の、

耳

勤め人たちがずんずんと歩いていく駅を
うつむいて歩いていたら
どうしたの
が降ってきた
見知らぬ人から
見知らぬ人へかけたケータイ電話から

どうしたの
がしみじみと沁みてくる

沁みてしまう胸の底に
どうしたの
を待っていた耳が沈んでいる

ふいに蟬が鳴く
遠い夏の日
ただわたくしがわたくしであろうとした日
ひとりで死んでいく覚悟はあるのかと
恋人は訊き
降りしきる蟬の声
降りやまない夏の日光
道端に重い首をもたげていた鶏頭の朱色が
揺れ
にじみ

ふたたび揺れ

聞かなかったことにした

物語の夏は終わり
わたくしの耳は
胎児の形をして胸の奥深く
ゆるゆると沈んでいった

そして。

穴水

猟銃で撃ち抜かれた穴のような欠損を
ときどきさびしい風が吹き抜ける
命に別状はないが
その穴をも含めてわたくしであるということの
ふしぎに
穴の体積だけ体が傾く

何かが足りない
深い森の入り口で光っている椎の実のような
てのひらの窪みにぴったりとおさまる

冷たい小石のような
そんなようなものに執着するところをみれば
そんなようなものが
銃弾だったのだろうか

穴はもうわたくしの一部であるので
とりあえず
水を流してみれば
さらさらと
遠い湖に向かって流れ始める

森の中にある湖のことを考えると
泣きたくなってくる
恋人が湖で死んだのだったらよかったのにと

重ならない

重ならない
あなた方の現実とわたくしと何の関係もなく
わたくしたちはひとりひとりの
現実を背負っているだけのことで

ことではあるけれど
現実というものは見ようによって
どのようにも変容してしまうもので
もしかすると

現実とは思い違いのことかもしれなくて
あなた方の過去にわたくしはいなくて
わたくしの過去にあなた方はいなくて

まだ暗い冬の早朝
東に向いた窓々のひとつひとつに
生き物めいた営みがあり

五時三分
窓が開く
男が立っている
隣の窓はまだ真っ暗だが
その下の窓ではカーテンに灯りが入った

昔の話だが蜂の巣を取ってきて
その穴のひとつを開けて
中から乳白色の蜂の子を抜き出したことがあった

あなた方から方が取れて
あなたになって
あなたの過去にわたしがいなくて
わたしの過去にあなたがいて

だから　重ならない

五時五分
ぷちりと穴を裂いて
男を抜き出す

冬のレッスン

わたしの腕がまだしなやかに羽ばたこうとしていたころ
夜ごと悲しい夢を見ていました
胸から飛び立つ白い鳥たちが
あなたのもとにたどりつくことを
そしてあなたの両腕でしっかりと抱きとめられることを
鳥は冬の間中飛び立ち続け
そして毎夜
激しく墜落してきました
鳥たちの抜け殻は深々と重なり

わたしの胸は空洞になり
そのようにして人を愛したことがありました
人を愛さなくても生きていけることがわかるまでの
暗く長い冬のレッスン

夏の物語

物語の続きは
風が読んでいった

読みかけの本を木のテーブルに置いて
立ち上がると
初夏の光が
目に飛び込んできた
青い空　白い雲
森は風に揺すられて

もう
充分に読んだ
結末はわかっている
けれど
空は青く雲は光っている
夏の風は夏の物語を運んでくる

夏のくだもの

夏のくだものを切って
夏空の下　白い皿にのせる

間に合わないかもしれないが
夕風にさらしておく

くだもののにおいが濃くなる
夜の花が遠くで身じろぎする
いきものの鳴きかわす声がする

何者かがやってくる
濃厚なけものの気配
咀嚼する音
音と音の間から
いのちが平等に喰われていく

白い皿の上にはもうなにもない
名残の夕焼けをのせておく

夏の終わりに

一日中雨が降った翌朝
季節はかわっていた

ひかりはところどころに
水たまりのような影をつくり
葛のつたに
痩せた青い朝顔が巻き付いている

向こうから夫婦が歩いてくる

妻は黄色の　夫は青いシャツを着て
人に伝えたいことはもう何もない
静かに朝のあいさつをする

タイサンボクの大きな白い花が
めじるしのように
季節の真ん中だったときもあったのに

水のにおいがする
深さを増して
川は黙り込んでいる

償う

季節が変わった朝
玄関の前で死んでいる蟬を片づけた

それからテラスでお茶を飲み
誰も救われない物語の続きを読んだ
人の生きた後を点々と血のように死が並ぶ
そんな物語だった

人は人を救えない

読みかけてはやめ　読みかけてはやめて
本当の事を知るためには
何十年も生きなければならなかった
その間にも過ちは累々と重ねられ

償うって　何を

また聞こえてくる声がある
何度も何度も耳の底に響いてくる
冬の蟬の声のようにも

榧木

千三百年を生きたかやの木にとって
人間の一生はまったくまばたき一回分くらいのものでしょう
もっともかやの木にまぶたがあればの話ですが

わたしはどれだけたくさんのまばたきをしてきたことでしょう
見ないほうがよかったものを見ては
悲しい話を聞いては
答えのない問いに出合っては

かやの木の声を聞いたことがあります
遠い遠いさみしい泣き声です
人間の一生を見すぎたものの泣き声です

さてさてあと何回残っていましょう
まばたきほどのわたしの一生は

草原にて

生まれる前の草原には
無数のひかりが落ちていた
点々とうずくまっているとても死に近い生
あるいはとても生に近い死
やわらかに発光して
ためいきのようにゆらめいて
その中のたったひとつだった
わたくしのたましいは今
どれほど遠くまで来たのだろう

樟の年齢で　ブナの木の年齢で
椎の　栢植の　白樺の
脈拍は速くなった
体液はあちこちで詰まったり澱んだりしている
わたくしは今

薄暮色の草原の風に吹かれる
幾度も帰っていく夢の中の草原で
白い百合が
死者たちの声に耳を傾けている
話し足りないことがあるから
話しても話してもまだ
残ってしまうものがあるから
吐き続ける

こんなにも汚れて
記憶が思い出に変わっていくまで
一年が一瞬になり
一瞬が十年になり
まだなにも経験していないものになるまで
話し続ける

闇が濃くなり深い笹藪がざわつくと
またひとつ魂が帰ってくる
すでに無名のひかりとなってもなお
点々と悲しみを落としながら

冬の植物園

何度も訪れた植物園の
今日は空高く猛禽類が飛んでいる
ことごとく樹木は乾き
風は冷たく透きとおる

ベンチに座る
不安なまなざしで誰かを愛している（いた）と言う
まだ愛を信じていたころの強さを失って

たとえばてのひら手くび肘
暖かく息づく肺から内臓を巡って
記憶の底　過去というものも俯瞰する
わたくしの頭上で舞っている鳥の目をして

慈しむ
いずれにせよ終わる日々について
いずれにせよ終わった日々について
愛したとしても愛されなかったとしても

ゆっくりと考える時間はまだ残っている
閉門までの時間
ベンチから立ち上がって
わたくしの木に会いにいく

祭りの夜

陽気な音楽に合わせて
誰彼かまわずいとおしい気持ちになって
おだやかな視線を周囲に投げるとき

人ニアラズ

心はむろんひとりぼっちで
それは
誰彼かまわず鋭利な刃物で刺してしまいたい気持ちと
ほとんど同じで

鬼ニアラズ

どこからか声がする
夕闇に紛れて
終わるのか　もう終わるのか
はじまったばかりなのに
他人たちの祭りは
わたしが何もしないうちに

神ニアラズ

神の行為は
まだはじまってもいない

花

長い旅から帰ってきたら
出ていった時のまま部屋は沈んでいた
花瓶の花がひっそりと萎れていた

孤独ということを考える
埃の積もった部屋を掃除する
窓を開ける
風を入れる

朱は朱であることに耐えきれず
散ることもできずに
萎れていったのか　この部屋で

わたくしはここから出て
闇や光や季節をまとって
ずんずんと歩いてきたが

ここから出て
ここに帰ってきたが

内省する。

私の中の悪いものがペロリと出て
ちょっと出かけてくるよ
というふうに首をかしげて
目の前の路地に入っていった

すうすうする
私の中の悪いものの赤い尻尾を見送って
うなじのあたりから風邪をひき込みそうだ
いつの間にか世界の音が消えている

内省する。
内省すると
風邪をひくのだろうか

やがて
しんと沈んだ路地の向こうから
じょじょに子どもの笑い声が聞こえてくる
男や女の声が響いてくる
この場所でひとり
からっぽの私はふいに歳を取り
とてもいい人になり
誰も愛さなければ自由に生きていけるということに気が付いて
愕然とする

近所をぐるりと回って
人生のきれぎれを尻尾にくっつけて
それは帰ってくる
最良のものと最悪のものをコレクションしてきて
少しやさしくなっている

私は飲み込んだのだろうかあるいは
飲み込まれたのだろうか
いずれにせよ音は戻ってきた
何ほどのこともない浅春の午後
ふと雲が動いて日が陰る

だいじょうぶ

バスを待つ列で
目の前の人がくずおれた
膝が折れ
力が抜けていく
だいじょうぶだおれはまだ死なない
それは誰かの声と重なる
父の
母の

すべての生きていた人の
いつかは死ぬ
わたくしの

うつむいたまま
背後に立つものの気配を
感じて立ちすくむ

出口

すみません出口はどこにあるのでしょうか
地下街で出口を探す人に会った
閉じ込められた小動物のように
右往左往して
閉じ込められた小動物のように
息を切らして

入り口を使って降りてはきたけれど
出口を探したことはなかった

一緒にさがすことにした

小さな子どもたちが
靴音を立てて走っていく
いつものサラリーマンが
電話をしながら歩いてくる
若い女の人たちはみんな美しい

ふと冬のコートが重くなる

外は春なのでしょうね
そうかもしれませんね

ところで

出口はあんなところで
口を開けている
ひゅうひゅうと
人を吸い込んでいる

入り口も出口も同じものだったから
さようならお母さん
また会いましょう

尻尾

前を行く若い女の人の
お尻から尻尾が出ている
まああありがちなことではある
あんなに鋭いハイヒールを履いているし
と思ったら
左から出てきたおじさんの
お尻にも尻尾がある
すり減った灰色の
お嬢さんのふさふさ尻尾にはかないそうもないけれど

まあ尻尾である

なんですかそれで
歩いてきた足跡を消してきたのですか
だからそんなに
ささくれだってしまっているのですか
あなたの尻尾

そっと
手を回してみる
使い古した竹ぼうきのような尻尾に触れる
その先っぽに絡み付いている古い布切れのような
思い出が湿っている

ネックレス

一羽のすずめみたいに
おばあさんが座っている
その向こうの草はらに
ひかりは斜めに射し込んでいる

生きてきた
ということだけでよいこととしましょう
何も生まなかったけれど
するりと体を脱げば

中からは柔らかに光るたまごのようなものが
出てくることでしょう

幸せなことに
感情はどれもあっさりと薄れていく
薄れて　薄れて
どんどん　どんどん　消えていって
最後に小さなかたまりが残る
それを白く尖った糸切り歯などでかりりと
砕けたらいいのだけれど
それは固く凝っていて
けっして砕けたりはしない

山の中のふるびた墓石のまわりに

いくつか置いてみる
ネックレスのように
やがて
墓石は形をなくして
光る小さな玉だけが残る

さあ
誰にも看取られずに逝きましょうか

別れの時

走り出したバスに向かって
大きく手を振る人がいた
大きくゆれて
愛でいっぱいになって
手も足も胸も肩も背中も
笑って
またね、愛してると叫んで
失くしたものへの愛でからっぽになってわたくしは

運ばれていくものになる

へんな生き物

目の前の道を
へんな生き物が正々堂々と歩いていった
硬い毛並み
丸い尻を振って
日の出前の空に向かって歩いていった

だれ？

誰でもないが

そう返事をしたようだ

正々堂々と歩いていく尻を見送って
私ものぼってこようとする朝日に向かって
深呼吸する

空が近いような気がする

眠れなくて早く起きた朝
真っ白な残月が輝いている
その道から

美しい日曜日がはじまる

いっぽんの木

寡黙な木の行列の
最後尾に立つ

ことばに馴れてはいけない
ただ立っていること
たださらされていること
誰かのためにこころで泣くこと
空気は凍え
空は深く沈黙する

こんなにも澄明な夜明け
硬くしまった土の中で
おずおずと根を伸ばす
誰かの根に触れるところまで

おずおずと
触れる

夜明けのしるしが匂ってくる
ひかり
雲
鳥たちの声

いっぽんの木が身震いする

身震いをしたのはわたし
それとも

わたしとはだれのことだったのか

明るくなるまで
ただ
いっぽんの木でいる

あとがき

森の中に立つエゾシカをはじめて見た時の感動を忘れることができません。真っ直ぐにこちらを見つめる眼、無駄のない筋肉、しなやかな脚、少しの間見つめ合ったのちくるりと背中を見せて走っていった後ろ姿。何度か北海道に通ううちに、タヌキにもキツネにもエゾリスにも会いました。早朝の草地を走り抜けるもの、木々の間に立ちすくむもの、空を舞い空から降りてくるもの、それらすべてに命があり営みがあることを頭ではなく目と耳と心で受け止めました。

そして、テレビのドキュメンタリーなどで鳥の求愛行動を見たりすると、反射的にヒトのそれを思い浮かべるようになりました。動物が子を守ろうとすること、縄張りのために殺し合うこと、すべてがヒトの生き方と重なって見えてきます。

ヒトは生まれ、何もできない赤ん坊から幼児期を経て思春期を迎え、成人し、やがて老いていきます。その営みに個人差はなく、誰もが一様に幼児期はかわいくおなかを膨らませ、思春期には伴侶を求め、歳をとれば体はあちこち傷み出します。ヒトは生き物であるということ、へんな生き物であるということですべての人が平等です。

以前「人間は度し難いものだ」と言った人がいました。私もそう思ったし、思い続けてきたのですが、度し難いのは動物ではない部分であって、動物としてのヒトは哀しく愛しい生き物だと思うようになりました。

前の詩集を出してから十六年が経ちました。もう詩集は出さないつもりでしたが、ふとテーマのある一冊を作ってみたくなりました。書いたものを時系列に並べるのではなく、一つのテーマを底辺に響かせた本、そんなものを作ってみたいと思いました。そこでこの十六年の間に書き溜めたものの中から生き物としての人が見えてくるようなものを集めてみました。『動物詩集　へんな生き物』、変なタイトルですが、手に取って読んでいただければ幸せです。

二〇二一年五月

大西美千代

著者略歴
大西美千代（おおにし・みちよ）

1952年7月生まれ

「橄欖」同人
詩集『水の物語』（1981年）
　　『街路樹の街』（1984年）
　　『狩男のいる部屋』（1989年）
　　『猫の体温』（1991年）
　　『残りの半分について』（1998年）
　　『てのひらをあてる』（2005年）

現住所　〒480-1138　愛知県長久手市西原山16-6-606

動物詩集　へんな生《い》き物《もの》

発　行　二〇二一年六月三十日

著　者　大西美千代
装　丁　木下芽映
発行者　高木祐子
発行所　土曜美術社出版販売
〒162-0813　東京都新宿区東五軒町三―一〇
電　話　〇三―五二二九―〇七三〇
ＦＡＸ　〇三―五二二九―〇七三二
振　替　〇〇一六〇―九―七五六九〇九
印刷・製本　モリモト印刷

ISBN978-4-8120-2624-3　C0092